A Monsieur

LE CURÉ DE PAREMPUYRE.

Mon Ami,

Vous aimez M. de Matha, notre compatriote; vous admirez ses nobles qualités, ses vertus, son talent pour la poésie française et latine. L'esprit, le goût, le rare mérite de Mme de Matha vous charment; j'éprouve les mêmes sentiments et la même admiration. Aussi pensé-je vous faire un véritable plaisir en vous envoyant imprimées une ode remarquable de notre illustre ami, et les deux épîtres où sont consignés les témoignages de mon affection et de mon respect pour vous et cette honorable famille.

Septembre 1849.

FIRMINHAC.

L'ATHÉISME.

Que vois-je! quel monstre effroyable
S'élance du fond des enfers?
Le ciel, de sa voix formidable,
A fait, au loin, gémir les airs.
Sur son front je vois l'anathème;
Sa bouche vomit le blasphème,
Et son regard audacieux,
Bravant l'éclat de la lumière,
De l'éther franchit la barrière
Insulte et contriste les cieux.

D'une main au crime exercée,
Il sape, il ébranle l'autel.
Déjà sa farouche pensée
Rêve la mort de l'Éternel.
Plus vain que les fils de la terre,
Qui, pour s'emparer du tonnerre,
Avaient entassé mont sur mont,
Il veut, dans l'ardeur qui l'entraîne,
Mesurant sa force à sa haine,
Ravir à Dieu jusqu'à son nom.

Tantôt, hardi dans son délire,
L'athéisme, espoir des pervers

Ose s'armer de la satire,
Et montrer ses traits découverts :
Tantôt, fallacieux Protée,
Il prend une forme empruntée,
Des traits même de la raison.
Il sait couvrir de fleurs trompeuses
Les semences trop dangereuses
Qui décéleraient le poison.

Ainsi l'on vit, jadis, à Rome,
Sacrilége dans ses loisirs,
Lucrèce offrir ensemble à l'homme,
Et le néant et les plaisirs.
Il cède au démon qui l'oppresse ;
Sa voix perfide, enchanteresse,
A proclamé la guerre aux Dieux :
Espère-t-il briser l'idole,
Et renverser le Capitole
Par des accents mélodieux ?

Mais pourquoi, censeur trop sévère,
Remuer la cendre des morts ?
Ne puis-je épancher ma colère
Sur nos modernes esprits forts ?
Ces philosophes sans sagesse,
Dont la force n'est que faiblesse,
La science que vanité ;
Ces hommes dont l'esprit sublime,
De la vertu nous fait un crime,
Du crime une fatalité ?

Ah ! du moins, l'Épicure antique,
Par la honte plus combattu,
Se couvrait d'un voile pudique
Aux yeux craintifs de la vertu ;
Mais vous, monstres sans retenue,
Vous exposez votre âme nue
Aux regards troublés des mortels,
Vous faisant un hideux mérite
De jeter le masque hypocrite,
Pour paraître plus criminels.

Votre cynique turpitude
S'enorgueillit de ses affronts ;
Le remords et l'inquiétude
Jamais ne courberont vos fronts.
Levez plus haut ces fronts superbes ;
Un peu de boue et quelques herbes
Vont les cacher à nos regards.
Voici la mort ; sa main est prête :
Dieu commande, et contre ta tête,
Impie, elle brandit ses dards.

Que dis-je ! quelle est ma démence !
La mort, qui trouble l'homme saint,
Ne saurait dompter l'impudence
Du fier athée au cœur d'airain.
Tel qu'on vit quelquefois le crime,
De Thémis honteuse victime,
Rire du gibet apprêté,
Tel, hébété, dans son délire,

L'athée, au moment qu'il expire,
Ose affronter l'éternité.

Qui les a vus ces jours de gloire
Qu'il avait promis aux mortels ?
Où sont les fruits de sa victoire
Sur les trônes et les autels ?
O France ! ô ma chère patrie !
O France ! Encor toute meurtrie
Des coups de ce monstre en fureur,
Agite ta chaîne sanglante,
Élève la hâche fumante
Qu'il mit aux mains de la Terreur.

Fais-nous voir tes villes pompeuses,
Jadis ta gloire et ton orgueil,
Sous leurs ruines trop fameuses
Gisantes comme en un cercueil.
Lyon, conduis-nous dans ces plaines
Où des cohortes inhumaines
Foudroyaient tes nobles enfants ;
Et toi, Nantes, cité fatale,
Montre-nous l'onde sépulcrale
Où s'unissaient tes habitants !

Paris !... Ah ! détournons la vue
De ce théâtre criminel :
La foudre a déchiré la nue ;
J'entends le dernier cri d'Abel.
Partout la faiblesse et la rage ;

Partout la honte et le carnage ;
Partout le crime respecté ;
Partout un dégoûtant cynisme :
Voilà les biens que l'athéïsme
Prodigue au monde épouvanté.

De Matha.

ÉPITRE A M. LE CURÉ DE PAREMPUYRE.

12 mai 1846.

Fas erit, o quando magnum transcurrere flumen,
Limosasque legens, ranarum regna, paludes,
Sole Parempyreum maturo attingere vicum,
Et sacrà tandem gressum consistere portà !

Vix loquor, auditur mea vox in linime primo,
Namque canis volat edoctus benè : meque benigno
Vestem dente premens, in cellam ducit amici,
Junguntur dextræ : libamus mutua fronti
Oscula ; tum sedeo componens membra quieti,
Dum ventri à famulâ jejuno cæna paratur.

Mensa nitet simplex ; hìc inter dulcia vina
Dulcia funduntur pleno de pectore verba :
Pax, bellum, leges que gravi sermone moventur ;
Carmina vel legimus, miscentes seria ludis.

Quid cùm dempta fames ? per florea prata, per hortum

Imus, et obliquos calles ambage viarum
Cunctanti sequimur pede, necnon passibus æquis,
Dum philomela modos immurmurat ore rotundos,
Dum magnum celebrat, castelli nobilis hospes [1],
Ære cavo regem; et late loca cantibus implet.
Quid, cum per campos Mathà properamus ad ædes?
Hìc plumbo lepus occisum est : hìc horridus anguis
Arretâ cervice, trahensque volumina caudæ
Antè viatorem pertransiit : alterum in herbâ,
Propter aquæ rivos monstrum tua dextra trucidans,
Informe, immensum madefactâ extendit arenâ.

Ingredimur tandem noto tibi tramite silvam :
Miramur quercus veteres, pinusque sonoras,
Quæ molles nostris infundunt frontibus umbras,
Et resonant avibus : miramur gramina passim,
Et stagna et fontes, et multa rosaria ripis,
Et salices fusis lambentes crinibus undas.
Ardenti jam sole, suos matrona per hortos
Serta legens, nobis venit obvia : floresque
Ostentans varios sua nomina floribus addit :
Et comis hospes adest et ducit in atria fessos,
Et dapibus reficit, fallens sermonibus horas.

Quid dicam ludos queis est victoria raro
Parta tibi? globulos nescit tua dextra movere.
O te infelicem ! ò quantum sub pectore vulnus!

[1] M. de Pichon sonne du cor.

Surgamus, lætique abeamus propter aquarum
Flumina, vermiculos mittentes piscibus, escam,
In ludis victus, felix piscator abibis.
Quàm patiens stagno manus inclinata recumbit!
Quàm lætus retrahis magno de gurgite pisces,
Dexter et attonitos suspendis fune ciprinos!
Dum traho pisciculos in molli cespite anhelos,
Iucassùmque auras rubicundà nare trahentes!

Dum loquor, amisit varios natura colores,
Noxque ruit cœlo : nunc dulcia linquere tecta
Hora jubet; dominos votis salvere jubemus,
Ad sacramque domum per amica silentia lunæ.
Tendimus, et dulci libet indulgere quieti.

RÉPONSE DE M. DE MATHA A M. LE CURÉ
DE PAREMPUYRE.

27 mai.

DIGNE ET VENERABILIS AMICE,

Musa Ruthenensis, quæ dives carminis alti
Jam micuit rutilans, quà gallia docta superbit,
Emula Virgilii, versûs non immemor æqui,
Latine scripsit, narrans tibi blanda, viator,
Temporis exultans quantùm donârat amico,

Et quantùm visitans notas popularibus ædes :
Carmina missa tibi voluit te mittere nobis :
Accipio gratus pro gratâ conjuge curam.
Sæpè lego, ò quandò magnum transcurrere flumen
Fas erit ! et voti similis, resonabilis Echo,
Mens sonat, ò quandò magnum transcurrere flumen,
Fas erit incano, fidei qui semper amator
Libenter socios numerat visit que fideles !

ÉPITRE A M. LE CURÉ DE PAREMPUYRE.

Ambarès, 16 août 1849.

Ami, versez des larmes
Sur le sort d'un ami,
Qui, toujours sous les armes,
Vit parmi les alarmes,
Et ne vit qu'à demi.

Loin de nos humbles plaines,
Qu'infectent les haleines
Du maudit choléra,
Je rêvais les montagnes
Qui bornent les Espagnes,
Grenade, l'Allambra,
Courses et promenades,

Lacs bleus, glaciers, cascades,
Où l'iris resplendit ;
Puis, Royan, ses rivages,
L'Océan, ses orages ;
Et tout m'est interdit !

Que de fois les nuages,
Qu'emportent les zéphirs,
Aux poétiques plages
Emportent mes soupirs !
Que de fois, dans mes songes,
Dans un monde lointain
Je m'ébats ! Doux mensonges
Envolés au matin !

Et captif, je dévore
Mon étroit horizon,
Qu'étrécissent encore
Le devoir, la raison !
Et mon âme réclame
En vain la liberté !
Je sens mourir sa flamme
Et tomber sa fierté,
Comme on voit d'une plante
Se faner la beauté
Sous la chaleur brûlante
Qu'exhale un jour d'été.
Et le travail m'oppresse,
Et la foule sans cesse
M'environne de bruit !

Pourtant, la solitude,
Le silence, l'étude,
Le calme de la nuit,
A ma santé si frêle
Iraient si bien ! Heureux,
Loin d'un monde infidèle,
Qui peut, à tire d'aîle,
Fuir, au gré de ses vœux !
Et là, dans un asile
Connu de l'amitié,
Vivre pauvre et tranquille,
Des méchants oublié !

Qui n'aime dans l'orage
Le sûr abri du port ?
Qui n'aime l'hermitage
Où l'on attend la mort ?
Des tendres tourterelles,
Des colombes fidèles,
Qui n'aime au fond des bois,
Les doux battements d'ailes
Et les plaintives voix ?
Qui n'aime un lis superbe
Dans le vallon secret,
Ou l'humble fleur dont l'herbe
Nous dérobe l'attrait ?

Mon ami, quand pourrai-je
Prendre vers vous l'essor ?
Mon ami, quand verrai-je

Vers moi, de votre bord,
Venir la voile blanche
De la barque qui penche
Sur le fleuve qui dort ?

J'ai traversé l'espace :
Me voilà face à face !
Rixixi[1] fait le fou,
Va, revient, me caresse ;
Badolune[2] s'empresse,
Et court on ne sait où.

Billard, escarpolette,
Déjeuner sans toilette
En robe du matin,
Dîner sans étiquette,
Bonne mine, bon vin,
Savantes causeries,
Sommeil sur les prairies,
Doux propos au jardin ;
Puis, dans nos bréviaires,
Psaumes, leçons, prières ;
Mais ce sera l'Éden !

Le jour suivant, quand l'aube,
Prenant sa belle robe

[1] Jeune chien de chasse.
[2] Servante.

De pourpre et de satin,
A nos yeux viendra luire.
Au sud de Parempuyre
Nous prendrons le chemin
Du beau manoir qu'habite,
Non pas un cénobite,
Mieux, un sage mondain.

La vertu, la noblesse,
Le goût, la politesse,
La grâce, le savoir,
Font gaîment aux convives
Qui viennent des deux rives
Les honneurs du manoir.

On prie à la chapelle,
On se promène au bois ;
Ici de l'hirondelle
On écoute la voix ;
Là, dans les fraîches ondes,
Frétille le poisson,
Qu'en ses grottes profondes
Va tenter l'hameçon ;
Plus près on respire
Le parfum des fleurs ;
L'œil surpris admire
Leurs mille couleurs.
Les brises frémissent,
Les plantes fleurissent,
Et les fruits mûrissent

Toujours en ce lieu,
Car toujours les maîtres
De ces bords champêtres,
Aiment, bénissent Dieu.

Bordeaux, imp. J. Dupuy et Ce, rue de la Devise, 12.